FIFE CULTURAL TRUST
FCT169793
KU-148-023

ätte ich es nicht geschafft.

Band 1: Das kleine Gespenst Bodo und der Brief
erschienen beim Independent Bookworm, USA und D
Dieses Buch ist auch als eBook und als Taschenbuch erhältlich.

Sollten Sie Rechtschreib- oder andere Fehler in diesem Buch finden, melden Sie sich bitte beim Verlag (www.IndependentBookworm.de).

Diese Geschichte ist Fiktion. Charaktere, Geschehen, und Orte, die in diesem Buch beschrieben sind, sind komplett frei erfunden. Jede Ähnlichkeit zu lebenden Personen, aktuellen Geschehen oder Orten ist ausschließlich zufällig und von der Autorin nicht beabsichtigt.

Bibliografische Information Der Deutschen Bibiolthek:
Die Deutsche Bibiolthek verzeichnet diese Publikation in der Deutschen Nationalbibliografie. Detaillierte bibliograafische Angaben sind im Internet über **http://dnb.ddb.de** abrufbar

printed by LSI, Europe

ISBN-13 978-3-95681-043-5/044-2

Weitere Information finden Sie auf der Verlagswebsite:
http://www.IndependentBookworm.de

Das kleine Gespenst

und der Brief

Band Eins

von Katharina Gerlach

mit Bildern von Beate Rocholz

Die Gespenster von Greifenstein

Karla die Kopflose
Stella die Stürmische

Kuno der Kühne

Inhaltsverzeichnis

Überraschung

Als der Brief kam, saß Bodo auf einem Felsen
über dem Höhleneingang.
Er beobachtete seinen Vater.
Willem der Wüterich kämpfte auf der Lichtung
mit eingebildeten Feinden.
Er schimpfte und fluchte, wie es sich
für ein spukendes Gespenst gehört.
Sein Schwert summte,
während es durch die Luft schnitt.
Als der Brief auftauchte,
schwang Willem der Wüterich das Schwert
in einem weiten Bogen um sich.
Scht... Flupp... machte der Brief,
als er sauber in zwei Hälften geteilt wurde.

Er landete vor Willems Füßen.
Bodo steckte sich die Finger in die Ohren,
presste die Augenlider zusammen
und machte sich ganz klein.
Er wusste, was nun kam.
„Was soll denn das?“ Willem der Wüterich brüllte.
„Wer schmeißt hier mit Papier nach mir?
Wie soll ich da in Ruhe spuken?“
Bodos Mutter, Susi die Sanfte, hörte das Geschrei.
Sie kam sofort aus der Höhle geschwebt
und beruhigte ihren Mann.
Bodo ließ die Hände sinken.
Er atmete erleichtert auf und sah zu seinen Eltern.
Gerade kam seine Tante aus der Wohnhöhle.
Karla die Kopflose hatte ihren Kopf
unter den Arm geklemmt.
Sie hob den Brief auf.
„Er ist von Stella“,
verkündete sie.
Sie setzte
ihren Kopf auf,
um besser
vorlesen zu können.
Bodos Schwester
schrieb selten.
Also lauschten alle
gespannt.

Meine allerliebste Familie.

Nun ist das Schuljahr vorbei.
Ich freue mich total auf Zuhause.
Es ist ja soooooooo viel passiert,
was ich Euch erzählen muss.
Gestern habe ich den liebsten Mann
der Welt geheiratet.
Ist das nicht wunderbar?
Wir sind wahnsinnig glücklich.
Der Schulleiter hat gesagt,
wir passen sehr gut zusammen.
Kuno ist so mutig und kühn.
Und schön ist er auch.
Er ist der schlauste Mann
an meiner Schule.

Und ich habe alle Prüfungen bestanden.
Deshalb ist die Schule nun aus.
Jetzt können wir
die Hochzeit nachfeiern.
Ich bringe ein paar Flaschen
Hochnebel mit.
Ihr könnt Essen vorbereiten.
Dann wird es bestimmt ganz irre toll.
Ich freue mich auf Euch.

Bis heute Abend,

Eure Euch liebende
Tochter, Nichte, Schwester,

Stella die Stürmische

„Tz, tz, tz. Typisch Stella“,
meinte Karla die Kopflose.
Sie schüttelte den Kopf, und er fiel herunter.
Bodo sauste von seinem Felsen herab.
Er fing den Kopf auf. Karla nahm ihn,
setzte ihn wieder auf und lächelte Bodo an.
„Sich Hals über Kopf zu verheiraten
bringt wirklich nur Stella fertig“, sagte sie.
„Wie kann sie es wagen,
ohne meine Erlaubnis zu heiraten?!“
Willems Gesicht wurde ganz rot.
„Liebling. Du hast doch auch
niemanden gefragt,
als du mich geheiratet hast“,
säuselte Susi die Sanfte.
„Aber sie ist
meine einzige Tochter.
Sie ist doch noch
ein Kind.“
Willem der Wüterich
runzelte die Stirn.
Susi strich ihm zärtlich
über die Wange
und sagte: 
„Sie ist mit der Schule fertig, Schatz.
Jetzt ist sie erwachsen!“

„Schule... Pa!
Ich habe nie begriffen,
wofür das gut sein soll!“
Willem der Wüterich
schimpfte laut.
„Man sieht ja,
wozu das führt.“
Jetzt war auch
Willems Körper rot.
„Einfach so zu heiraten.“

„Tja, ändern können wir es nicht“,
warf Karla die Kopflose ein.
„Lasst uns lieber eine Feier ausrichten.
Typisch Stella, uns so spät Bescheid zu sagen.“
„Oje! Ich habe gar nichts vorbereitet.“
Susi die Sanfte legte die Hände auf ihre Wangen.
„Das konntest du doch gar nicht wissen“,
sagte Bodo zu seiner Mutter.
Doch Karla die Kopflose und Willem der Wüterich
übertönten ihn mit Vorschlägen für die Party.

Stella die Stürmische

Bodo schwebte in die Höhle um nachzudenken.
Dabei räumte er auf,
weil er dann besonders gut denken konnte.
Zuerst sammelte er schmutziges Geschirr ein.
Er ließ Wasser in die Steinspüle laufen
und begann mit dem Abwasch.
Wie seine Schwester wohl jetzt war?

Er hatte sie fünf Jahre nicht mehr gesehen.
So lange war sie schon in der Schule.
‚Ich glaube, sie hat immer alles umgestoßen',
dachte er. ‚Sie war immer so wild.
Nein, nicht wild – stürmisch.'

Stella die Stürmische – Feuer und Flamme
für alles Neue. Sie machte sich nie Gedanken
über ihre Ideen. 
Manchmal führte das
zu Problemen.
Bodo erinnerte sich.
Einmal hatte sie
den Abzug
des Küchenherds
genau untersucht.
„Bodo!
Da ist eine Fledermaus
im Kamin!"
Stella die Stürmische verrenkte den Kopf
und guckte in den Schornstein.
Bodo hockte sich neben sie auf den Herd.
Stella zeigte nach oben.
„Da ist sie. Ob sie feststeckt?"
Bodo sah hinauf, konnte aber nichts erkennen.
Nur etwas Ruß rieselte ihm durchs Gesicht.
„Los, komm! Wir retten sie", sagte Stella.
„Ich will nicht." Bodo schüttelte den Kopf.
Seine Schwester hörte nicht zu.
„Wir fliegen um die Wette. Der Schnellste
bekommt den Nachtisch des Verlierers."
Sie sauste los.

Bodo fühlte sich überrumpelt.
Um ihr das sagen zu können, musste er hinterher.
Also folgte er ihr widerwillig.
Stella die Stürmische
raste den engen
Schornstein hinauf.
Bodo versuchte
mitzuhalten.
Wenig später
schossen sie
aus dem
oberen Ende
heraus.

„Gewonnen!"
Stella drehte sich zu ihrem Bruder um.
Überrascht starrte sie ihn an.
Dann lachte sie. Sie lachte so sehr,
dass sie kaum noch Luft bekam.
„Wie du aussiehst!"
„Du aber auch." Bodo lachte mit. Sie waren beide
von Kopf bis Fuß mit feinem Ruß eingestaubt.
Er klebte an ihren Nebelkörpern.
Stella sah aus wie ein Wirbelwind aus Ruß.
Bodo wirkte wie eine graue Maus.
‚Aber zum Schluss durfte ich meinen Nachtisch
doch selbst essen', erinnerte er sich.

Er lächelte.
Weil er mit dem Abwasch fertig war,
hängte er das Geschirrtuch über den Herd.
Da konnte es trocknen.
Er schnappte sich einen Besen und fegte.
Karla die Kopflose und Willem der Wüterich
kamen mit einem Berg Nachtschattenblüten
herein. Susi die Sanfte folgte ihnen
mit ein paar essbaren Kräutern und Karlas Kopf.
„Oh, Bodo! Du hast sauber gemacht.
Wie lieb von dir.“ Susi die Sanfte
umarmte ihren Sohn mit dem freien Arm.
Dann stellte sie Karlas Kopf auf die Kommode.
Sie legte die Kräuter auf den Tisch
und zeigte mit dem Finger
auf die Öffnung zu Stellas Schlafhöhle.

„Dort drüben muss Efeu mit Nachtschatten hin.
Am besten bestreut ihr auch
den Boden in ihrem Zimmer."
Sie drehte sich zum Tisch um.
„Ich möchte ein paar Blüten auf dem Tisch.
Und im Flur muss Efeu aufgehängt werden."
Willem der Wüterich und Karla die Kopflose
befolgten ihre Befehle. Sie murrten nicht einmal.
Bodo half seiner Mutter,
die Zutaten für den Hochzeitskuchen zu holen.
In der Speisekammer holte er tief Luft.
Er liebte den Geruch der verschiedenen
Nebelsorten.

Es gab Bodennebel,
Hochnebel,
Küstennebel,
Bergnebel,
Seenebel,
dicken Suppennebel
und eine winzige Flasche
uralten Mondnebel.
Vorsichtig nahm er die Zutaten
und brachte sie seiner Mutter.
Dann räumte er die Schlafhöhlen auf
bis ihm ein leckerer Duft in die Nase stieg.
„Ein Wolken-kuckucks-ei-kuchen!"

So etwas Gutes hatte Bodo schon lange
nicht mehr gegessen.
Er konnte sich kaum daran erinnern,
wann sie zuletzt gefeiert hatten.
‚Nun ist alles fertig für Stella', dachte er.
Seine Mutter bat:
„Bodo, setze dich bitte
nach draußen und rufe uns,
wenn sie kommt."
Schnell erneuerte sie
die Spinnweben
in Stellas Bett.
Gehorsam schwebte Bodo
aus der Höhle.

Sie kommt

Als er seinen Lieblingsplatz erreichte,
kam Willem der Wüterich
aus der Höhle geschwebt.
„Immer muss ich Efeu holen“, schimpfte er.
„Der Flur ist doch schön genug.“
Plötzlich leuchtete auf der Lichtung
ein buntes Licht auf.
„Sie kommt! Sie kommt!“
Willem der Wüterich wirbelte mit den Armen.
Sofort kamen Karla die Kopflose
und Susi die Sanfte herbeigeflogen.
Bodo war beleidigt. Er sollte doch rufen.
Er schmollte.
„Dann begrüßt Stella doch alleine.
Nachher hab ich sie bestimmt mal ganz für mich.“
Er sah zu, wie das bunte Licht
zu einem nebeligen
Gespensterkörper
wurde. Sofort
umarmten
alle drei
Erwachsenen
seine Schwester
gleichzeitig.

„Willkommen zu Hause“, jubelte Susi die Sanfte.
„Ich habe ja so viel zu erzählen.“
Stella die Stürmische wirbelte froh herum.
„Du hättest mich wegen der Heirat
fragen müssen“, polterte Willem der Wüterich.
„Bist du aber groß geworden“,
staunte Karla die Kopflose.
Alle redeten gleichzeitig.
Bodo hielt sich die Ohren zu. Doch was war das?
Hinter Stella formte sich noch ein Nebelkörper.
Als das Licht erlosch, stand dort ein Gespenst.
Hinter ihm türmte sich ein wirrer Haufen
aus Koffern und Taschen auf.
Aber Willem der Wüterich, Susi die Sanfte
und Karla die Kopflose hatten nur Augen
für Stella die Stürmische.
‚Die Erwachsenen merken ja gar nichts‘,
dachte Bodo.
Er betrachtete das neue Gespenst ganz genau.
Da stand ein junger Mann
mit einem freundlichen Gesicht
und sehr breiten Schultern.
Er sah wirklich gut aus für ein Gespenst.
Plötzlich sah der Fremde zu ihm hinauf,

lächelte und
zwinkerte
ihm zu.
‚Den mag ich‘,
dachte Bodo
und winkte.
Er flog
zu ihm
hinunter.
„Ich bin Bodo.“
Er streckte die Hand aus.
Der junge Mann nahm sie und sagte:
„Und ich bin Kuno. Kuno der Kühne.
Freut mich, dich kennenzulernen, Schwager.“
‚Er hat mir die Hand geschüttelt
und mir nicht über den Kopf gestreichelt,
wie bei einem kleinen Kind.‘ Bodo freute sich.
Er strahlte das neue Familienmitglied glücklich an.
Stella die Stürmische drängelte ihn zur Seite.
„Das ist mein Mann, Kuno der Kühne“,
sagte sie stolz.
„Willkommen in unserer Familie.“
Susi die Sanfte umarmte ihren Schwiegersohn.
„Na ja. Er ist ja ein bisschen mager“,
murmelte Karla die Kopflose.
Aber sie lächelte bei den Worten.

Kuno der Kühne
lachte leise
und freundlich.
Plötzlich beugte
sich Willem der
Wüterich vor,
bis seine Nase
Kuno fast
berührte.
Er donnerte:
„Wenn du nicht gut zu meiner Stella bist,
dann... dann...“
Er ließ er die Drohung unbeendet
und starrte Kuno in die Augen.
Bodo versteinerte,
obwohl der Blick gar nicht ihm galt.
Um so erstaunter war er,
dass Kuno Willem freundlich die Hand schüttelte.
Fröhlich sagte er:
„Ich freue mich auch, dich kennenzulernen.“
Noch mehr staunte er,
als sein Vater den Händedruck erwiderte.
Warum war Willem nicht
fuchsteufelswild geworden?
Stella die Stürmische bemerkte seine Verblüffung.
„Er heißt nicht umsonst der Kühne.“

Sie lachte und
hob Bodo hoch.
Dann wirbelte
sie ihn
durch die Luft
wie ein Kind.
Es machte
Bodo Spaß.
Trotzdem rief er:
„Lass mich runter!
Ich bin doch schon groß."

Stella die Stürmische drehte sich noch einmal.
Dann setzte ihn ab.
Lachend warf sie sich in Kunos Arme.
„Kommt herein und macht es euch gemütlich",
befahl Karla die Kopflose.
Sie drückte Bodo zwei Taschen in die Hand
und nahm selbst einen Koffer.
Die anderen griffen auch zu.
Wenig später stapelte sich das Gepäck
in Stellas Zimmer.
„Das können wir morgen auspacken.
Jetzt will ich feiern."
Stella zog Kuno in die Küche.

Dort machten es sich alle
um den Küchentisch gemütlich.
Er war besonders schön geschmückt.
„Ohhh!“ Stella die Stürmische
klatschte in die Hände
und ließ sich an ihren Platz plumpsen.
„Das ist wirklich gelungen.“
Kuno der Kühne setzte sich neben seine Frau.
Karla die Kopflose und Willem der Wüterich
lächelten erfreut.
Bodo half seiner Mutter, den Kuchen zu verteilen.

„Haut rein!“ Willem
der Wüterich lachte
und griff
nach der Gabel.
Gefräßige Stille
kehrte ein.
Schnell wurde
der Kuchen weniger,
bis alle satt waren.
Bodo lehnte
sich zurück.
Ihm tat vom Essen der
Bauch weh.
Erst jetzt merkte er,
dass die Erwachsenen anscheinend schon über
viele Neuigkeiten gesprochen hatten.
Wegen des Essens hatte er gar nicht zugehört.

Gelernt ist gelernt

„Was habt ihr denn in der Schule gelernt?“,
fragte Karla die Kopflose gerade.
„Ich zeig es euch!“ Stella die Stürmische
sprang auf und stellte sich in die Mitte der Küche.
Sie zog ein kleines Buch aus der Tasche.
Sie las etwas und steckte es wieder ein.
Leise murmelte sie Worte vor sich hin.
Erst langsam, dann immer schneller,
drehte sich ihr Körper.
Der Kopf blieb unbeweglich stehen.
Er glühte gelb. Dann hob Stella ab
und sauste wie ein Wirbelwind
die Wände hinauf und hinunter.
Dabei folgte ihr alles, was sie berührte
in einem wilden Tanz. Bodo staunte.

Als sie endlich anhielt,
herrschte in der Küche ein wildes Durcheinander.
Trotzdem klatschten alle begeistert Beifall.
Nur Susi die Sanfte war etwas unglücklich.
„Und wer räumt auf?“
Keiner antwortete ihr,
denn Kuno der Kühne war aufgesprungen.
„Für meinen Spuk gehen wir besser hinaus.“
Er schwebte zum Gepäck
und holte eine Eisenkette mit einer
schweren Kugel heraus.

Die anderen folgten ihm gespannt ins Freie.
Kuno holte auch ein kleines Buch aus der Tasche
und las etwas nach.

Dann breitete er die Arme aus und rief:

„Käse-muckl, Bene-fatz,
Tinten-fisch und wilde Hatz,
Pferde-fuß und Fisch-gebein,
Höllen-hund und Katzen-klein."

Er senkte die Arme und flüsterte noch etwas.
Dann warteten alle.
Langsam wurde Willem der Wüterich unruhig.
„Warum dauert das so lange."
Bevor ihm jemand antworten konnte,
riß die Erde in der Mitte der Lichtung auf.
Ein riesiger, schwarzer Hund
sprang aus dem glühenden Spalt.
Er hatte drei Köpfe.
Sein Körper endete in einer Schwanzflosse.

Vorne hatte er Pferdehufe.
Feuriger Speichel tropfte aus seinem Maul.
Karla die Kopflose schnaufte überrascht.

Stella die Stürmische
lächelte stolz,
sagte aber nichts.
„Ein Höllenhund“,
wisperte Susi
die Sanfte.
„Ja ist der verrückt?
Will der uns
umbringen?“

Willems Kopf wurde feuerrot.
Bodo schluckte. Das Untier war beängstigend.
Aber vor seinem Vater fürchtete er sich noch mehr.
Deshalb versteckte er sich hinter seiner Mutter.
Trotzdem sah er immer wieder zu dem Monster.
Kuno stand gelassen auf der Lichtung.
Plötzlich sprang der Hund auf Kuno los.
Susi die Sanfte stieß einen Schrei aus.
Aber sie beruhigte sich sofort.
Kuno der Kühne wehrte den Angriff
mit seiner Kette ab.
Zwei der drei Mäuler bissen in die Kette.
Das dritte schnappte nach Kuno.

Das Gespenst riss den Höllenhund
an der Kette in die Höhe.
Er schob sich unter den Bauch
und schleuderte die Bestie zurück
in den feurigen Abgrund.
Mit lautem Donnern schloss sich die Erde.
Alle jubelten.
Bodo war erleichtert.
„Welch eine Kühnheit."
Karla die Kopflose staunte.
„Ich bin froh, dass niemandem etwas passiert ist",
säuselte Susi die Sanfte.
„Ist er nicht super?" Stella lachte
und umarmte ihren Mann stürmisch.
„Ja, das macht ihm so schnell keiner nach."
Willem der Wüterich
klopfte Kuno
auf die Schulter.
Bald drängelten sich alle um Kuno
und gratulierten ihm.
Dann führten die anderen Erwachsenen
auch ein paar Spukzauber vor.

Spukbücher

Bodo wartete einen günstigen Moment ab,
um Kuno mit Fragen zu überschütten.
„Hat auf der Schule jeder
nur einen Spukzauber gelernt?
Wie lange hast du für den Trick geübt?
Was sind das für Bücher, die ihr da habt?“
„Immer langsam“, sagte Kuno der Kühne
und zerstrubbelte die Nebelhaare an Bodos Kopf.

„In die Bücher
schreiben wir
unsere
Spukzauber.
Wir haben
in der Schule
viele davon
gelernt.“
„Warum haben
Mama und
Papa
keine Bücher und Tante Karla auch nicht?“
Bodo sah Kuno verwundert an.
„Natürlich haben wir auch Spukbücher“,
sagte Karla die Kopflose.
„Du hast sie nur bisher nicht bemerkt.“
Bodo seufzte.

„Ich will auch spuken können."
„Du darfst zur Schule gehen,
sobald wir deinen
Eigenschaftsnamen
kennen, Liebling."
Susi die Sanfte
streichelte ihm
tröstend
über den Kopf.
Karla die Kopflose
meinte:
„In zwei, drei Jahren
darfst du bestimmt
deinen ersten Spukzauber versuchen."

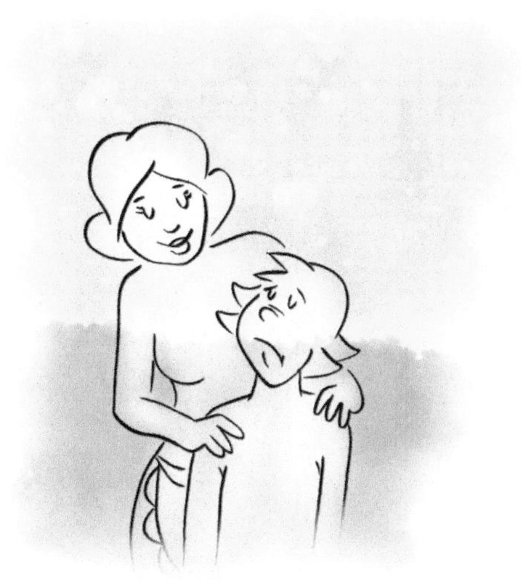

„Aber zuerst kommen die Denkübungen,"
sagte Willem der Wüterich.
Bodo war entsetzt.
Da musste man sicherlich stundenlang
an eine einzige Sache denken. Wie langweilig.
Er stellte sich vor,
wie er vor einem kleinen Buch saß,
und die Uhr tickte. Wie furchtbar!
Karla sprach weiter.
„Spuken ist gar nicht so einfach.
Man muss ganz genau aufpassen.
Sonst geht alles schief.

Als ich noch in der Schule war ... wartet –
ich hatte es aufgeschrieben,
weil es so witzig war.“ Sie zog ihr Spukbuch
hervor.

„Ach ja.
Es war
mein Fehler
gewesen.
Ich habe
einmal
Glöckchen
an meine
Spukkette
gezaubert.
Das Klingeln hat den ganzen Spuk kaputt gemacht.“
Stella die Stürmische kicherte.
Bodo fand es gar nicht lustig.
Wenn sich seine Tante mehr Mühe gegeben hätte,
wäre das sicher nicht passiert.
„Ich will nicht auf die Schule warten.
Ich will jetzt spuken“, rief er.
Stella die Stürmische lachte ihn aus.
„Ach Kleiner, das geht doch gar nicht.“
Bodo presste die Lippen aufeinander
und sah seinem Vater beim Spuken zu.
Er wollte nicht, daß die anderen sahen,
wie enttäuscht er war.

Der Trick

Kuno der Kühne merkte es trotzdem.
Er legte Bodo eine Hand auf die Schulter
und sagte: „Ich leihe dir mein Buch.
Vielleicht findest du ja etwas Nettes.
Ich weiß gar nicht mehr,
was ich alles hinein geschrieben habe."
Bodo flog in die Küche,
und Kuno der Kühne
gab ihm dort
das Buch.
Bodo blätterte,
aber die Seiten
waren leer.
„Da steht ja
gar nichts drin."
„Du musst dem
Buch befehlen,
dass es dir vorlesen soll."

Kuno hatte den Mund voll Kuchen.
Bodo befahl dem Buch vorzulesen.
Eine leise Stimme flüsterte:
„Inhaltsverzeichnis.
Höllenhundzauber – Seite 3
Heiße Ohren Zauber – Seite 4..."

Gespannt hörte Bodo zu.
Es gab viele verschiedene Zauber in dem Buch.
Bodo war beeindruckt.
Als letztes las das Buch:
„Spuk ohne Zauber - Seite 32“
In dem Augenblick flog ihm das Buch aus der Hand.
„Hey!“ Bodo sah hoch.
Das Buch flog hinter Kuno her,
der auf dem Weg zu den anderen war.
„Warte!“ Bodo rannte hinter Kuno und dem Buch her.

„Grade hatte ich
etwas gefunden.“
Kuno der Kühne
lächelte.
„Was hast du
gefunden?“
„Weiß ich nicht.
Es ist weggeflogen.“
Bodo zeigte
auf das Buch,
das neben Kuno schwebte.
Kuno der Kühne schlug sich mit der Hand
vor die Stirn.
„Entschuldigung.
Ich habe ganz vergessen,
dass mir das Buch immer folgt.

Es ist mit einem Zauber belegt.
Sonst verliere ich es.
Du musst zum Lesen immer in meiner Nähe sein."
Kuno der Kühne drehte um
und ging mit Bodo in die Küche zurück.
Dort las er den Spuk ohne Zauber
und lachte.
„Das ist
genau
das Richtige
für dich.
Pass auf,
ich zeig's dir."
Bodo sah
ganz genau hin
und war
begeistert.

„Jetzt du", befahl Kuno der Kühne.
Bodo strengte sich an.
Er wollte den Spuk unbedingt lernen.
Aber es war schwieriger, als es aussah.
Bodo versuchte es immer und immer wieder.
Kuno ermutigte ihn und gab ihm Ratschläge.
Er freute sich auch über kleine Erfolge.
Schließlich klappte es.

„So ist es gut.“ Kuno der Kühne klatschte.
Bodo freute sich über das Lob.
Er übte noch etwas weiter.
„Jetzt kann ich es gut genug,
um es den anderen zu zeigen“, sagte er.
„Finde ich auch.“ Kuno klopfte ihm auf die Schulter.
Gemeinsam gingen sie ins Freie.
Bodo legte seine Hand in Kunos und sagte:
„Du bist ein prima Kerl.
Ich bin froh, dass Stella dich geheiratet hat.“
Kuno der Kühne lächelte.
„Ich bin auch froh darüber.“
Sie erreichten die anderen.
Karla die Kopflose war mit ihrem Zauber fertig.

Sie sammelte ihren Kopf
und die unechten Knochen wieder ein.
Damit hatte sie gekegelt.
„Jetzt bin ich dran!“ Bodo drängelte sich vor.
Willem der Wüterich, Susi die Sanfte
und Stella die Stürmische waren verwundert.
„Der kann doch gar nichts“, flüsterte Stella.
„Ihr werdet klatschen,
auch wenn er nur ein paar Purzelbäume schlägt!“

Susi die Sanfte sah sie streng an.
Stella und Willem nickten.
Kuno der Kühne grinste
und legte seinen Arm um Stella die Stürmische.

Bodo bekam von alldem nichts mit.
Er schwebte in die Mitte der Lichtung.
Dann atmete er tief ein ...
und noch einmal ...
und noch einmal ...
und noch einmal ...
Mit jedem Atemzug wurde sein Kopf größer
und sein Körper kleiner.
‚Bloß nicht ausatmen', dachte Bodo.
‚Und das Licht nicht vergessen.'

Er ließ seinen Kopf giftgrün leuchten
und blähte ihn so groß auf, wie es ging.
Sein Körper wurde so winzig,
dass man ihn fast nicht mehr sehen konnte.
Dafür wurden seine Augen groß wie Teller.

Schließlich schwebte ein riesiger,
grün leuchtender Kopf in der Mitte der Lichtung.
Blaue Funken sprühten ihm aus den Augen.
Die Erwachsenen klatschten.
„Ohne Zauber," sagte Karla die Kopflose.
„Ha! Der Bengel kommt ganz nach mir."
Willem der Wüterich klopfte Bodo auf die Schulter.
Stolz sah Susi die Sanfte ihrem Sohn zu,
der langsam die Luft aus seinem Kopf herausließ.
Sie wischte sich eine Träne ab
und gab Bodo einen Kuss.
„Nun wirst du also
auch erwachsen",
sagte sie
ein wenig traurig.
„Das hast du
ganz toll gemacht,
Liebling."
„Das hat mir Kuno
beigebracht."
Bodo nahm
seinen Schwager
bei der Hand.

„Das war aber lieb von dir." Stella küsste Kuno.

„Ja, wir sind wirklich froh,

dass du jetzt zu unserer Familie gehörst."

Willem legte seinen Arm um Kunos Schultern.

Fröhlich gingen alle in die Höhle zurück.

Sie feierten die ganze Nacht.

Über die Autorin

Katharina Gerlach hat
seit ihrer Geburt
den Kopf in den Wolken.
Als Kind lebte sie

mit drei jüngeren Brüdern
mitten in einem Wald.

Zurzeit arbeitet sie
an ihrem nächsten Buch
in einem Häuschen
nicht weit von Hildesheim.
Dort lebt sie mit ihrer Familie und ihrem Hund.

Mehr Informationen unter:
http://de.KatharinaGerlach.com

Über die Zeichnerin

Seit dem Kindergarten
zeichnet und malt
Beate Rocholz.

Eine Welt ohne Bilder
kann und mag sie sich
nicht vorstellen.

Beate lebt mit ihrem Mann
in Berlin.

Wer ihre Werke kennt, merkt,
dass sie auf viele verschiedene Arten
malen und zeichnen kann.

Mehr Informationen unter:
http://behance.net/br-art

CPSIA information can be obtained
at www.ICGtesting.com
Printed in the USA
LVOW05s2117250517
535837LV00032B/246/P

9 783956 810442